JN096165

たった1日もキミを愛さなかった日はない

愛さなかった日はない

キム・ジェシク
Kim Jae-Sik

藤田麗子 訳

扶桑社

ブックデザイン　鳴田小夜子（KOGUMA OFFICE）
イラスト　高田真弓

いろいろな人から聞かれた。

愛とはいったい何なのか？
愛するときに知っておくべきことは何なのか？と。

かつては私も、愛についての答えを探そうとしていた。
その時間はけっして無駄ではなかったけれど、
考え抜いた末に下した結論は
愛とは何なのかを知ろうとするのではなく、
「今、この瞬間を愛さなくちゃいけない」
ということだった。

愛に正解はなく、ひとつに定義することはできない。
人それぞれ違った愛のカタチがあるだけだ。

愛する人に出会うと、いつまでも一緒にいたいと願うが、
一人の人をあるがままに受け入れるというのは
とても大変なことだ。
でも、その人を受け入れてこそ
正面から向き合って生きることができる。

海はどんなに大変でも波を作ることをやめたり、
水の流れに逆らったりはしない。
いずれは水が海に戻ってくるということを知っている。

瞬時に砕けて跡形もなく消える波を
休みなく作り出すというのは
私たちが誰かを愛することに似ている。

押し寄せる波を受け入れて、認めること。
私たちの人生も、愛もそこから始まる。

誰かを愛した過去の日々を引きずって、
新しい恋に進むことに臆病になっているのなら
そろそろその気持ちにけじめをつけて
静かに手放してみよう。

輝いていた記憶も、愛も、波のように打ち寄せては
押し流されて一瞬で消えてしまうけれど、
砕ける波のようにまぶしく輝く
とびきり素敵な時間もあったから。
あの頃よりもっと魅力的な自分になれたから。

かつて愛したすべての人に感謝して、
今そばにいる大切な人に
ありがとうと言えますように……。

キム・ジェシク

Contents

海が美しいのは、
その中にたくさんの美しいものが
秘められているからかもしれない。

その隠されたものと出会うのは、
怖いけれど、とてもワクワクすること。

でも、重いダイビング器材を背負って
一度ものぞいたことのない世界と向き合うのは
口で言うほど簡単なことじゃない。

最初は息を吸って吐くことさえ難しいし、
水圧のせいで耳も痛む。
潜水と浮上を繰り返して、だんだん体が慣れてきたら
美しい海中をゆっくりと楽しめるようになる。

紺碧(こんぺき)の海の中で
美しい珊瑚や魚を間近に見て写真を撮りながら過ごす、
忘れがたい恍惚の時間はそれほど長くない。

もっと見ていたいけれど
体力の限界がやってくる。
名残惜しくても終わらせなきゃいけない。

深い海から上がるときは、潜るときと同じように
水圧の急激な変化に気をつけて、ゆっくり浮上する。

水面に上がって息を整えながら
ふとこんなことを思った。

私たちの恋愛もこういうものかもしれない。

まだ見ぬ場所への怖さとときめきを
好奇心の力で調整しながら
準備運動をして、呼吸法を学び、
ゆっくりと相手の心に入っていく。
幸せな時間を過ごして、外に出ることになったら、
そのときはゆっくりと出てこなくちゃいけない。

時間が経つにつれて、誰かを知っていくことにも慣れ、
だんだん上手になっていくだろうけれど、
いちばん大切なのは
愛することにも別れにも、焦らず慎重でいること。
そうすれば、もっと長い時間を
一緒に過ごすことができる。

もしあのとき、あの人とあんなふうに別れなかったら
私たちは今頃どんなふうに
暮らしてたのかな？

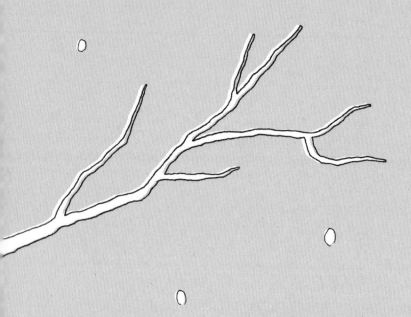

第 1 章

迷子のように

恋しいのはあなたではなく

恋しいのは
去っていったあなたじゃなくて
過ぎ去った季節なのだと
今はわかる。

だから、私はもう恐れたりしない。

あなたは戻ってこないけれど
季節はまためぐってくるから。

そんなふうに繰り返される季節の中で
あなたの記憶がしだいに薄れていくのが
今はわかる。

恋愛が終わっても
それは失敗というわけじゃない。
愛に失敗はない。
別れを通して、また違うカタチの愛に出会う。

失敗とは、ひとつの関係が終わったとき
その人に関する記憶と気持ちが
すっかり消えてしまうこと。
そんなことはありえない。
たとえそう感じたとしても、それはいっときのことだ。

恋愛から何かを得ようとしていたなら
その終わりは、失敗と呼べるかもしれないけれど、
相手を純粋に心から愛していたのなら、
それはただの別れに過ぎない。

愛は終わらない。
会えなくなってからも
気持ちは続いていく。

恋の傷は目に見えなくて

痛みだけが残る。

しばらく痛まないから、

立ち直れたのかと思ってた。

完全に忘れることができたんだと思ってた。

うまくやっていきたかった、いつも

長く付き合った人との別れを
何度か経験すると
人を愛することに疲れてしまう。

うまくやっていきたかった、いつも。
「今回こそは」と心に誓って、
疲れた自分を励ました。

見返りが欲しかったわけじゃない。
恋愛をもう最後にしたかっただけかもしれない。

自分の心をすべて捧げられる人に
出会いたかった。

私は自分のことばかり考えていた

夢に誰かが何度も出てくるのは
その人に会いたいからだと
聞いたことがあるけれど……。

会いたくてたまらないのに
夢にすら出てきてくれない人もいる。

もしかするとそれは、
もう未練を捨ててほしい、
握りしめた思い出を手放せ、
そうすれば僕も元気でいられる、という
メッセージなのかもしれない。

手放せばまた誰かを愛せるよ、と
彼は遠くからずっと
私に伝え続けているのかもしれない。

そうだね、ごめん。
未練がましい私のせいで
あなたもずいぶん苦しんだはず。
そう思ったら申し訳なくなった。
いまだに私は
自分のことばかり考えていた。

気持ちの出し惜しみ

私の人生にまた誰かが現れたら
癒えていない傷の痛みがぶり返すかもしれない。
そんな漠然とした不安に疲れて
心がずっしり重くなっていたのかもしれない。

過去と似たような状況に直面すると、
傷つかないように予防線を張るクセがついていた。

笑顔やときめきも
初めての恋のように濃くはない。
いつ終わってしまうかわからない、
という不安を抱きながら
適当に笑って、適当に苦しんだ。

相手を完全に信じることはなかったし、
心を全部あげることはできなかった。

突然、別れを告げられても
初めてのときみたいに涙があふれることはなかった。

突然だったけれど、突然ではなかったから。

もう二度と傷つきたくなくて
傷つかないように
気持ちを出し惜しみした。

恋愛はどれも同じだと決めつけて
何でもわかったつもりで
行動してしまった。

傷ついた心、閉ざされた心

誰かと付き合っていても
相手を心から愛せているとはかぎらない。

終わった恋の傷があまりに深くて、
ヒリヒリする心を一人で抱きしめながら
なんとか生きてみようとがんばった。
穴のあいた心が風に乗って漂い、
支えてくれる人のもとに行き着いた。

その人に寄りかかって、
これは愛だと自分に言い聞かせながら
生きているだけなのかもしれない。

満たされなくて、何も分かち合えず
風に吹かれて冷え切ったその心は
相手に愛を与えるどころか、
注がれた愛すらしっかり受け止められない。

こなごなの破片みたいにとがった私は
その人を傷つけながら
傷ついた自分の心を
押し隠しているだけなのかもしれない。

自分が与えた傷はいつか

次の恋を始められないのは
まだ忘れられない人がいるせいかもしれない。

でも今、あなたを愛してくれる人がそばにいるなら
そして、その愛を受け取ると決めたなら
胸に秘めた人への執着は手放さなくちゃ。

外からは見えないとしても
他の人を心にしまったまま誰かと付き合うのは
本当に悲しいことだから。

自分の傷をふさごうとして
罪なき人を傷つけることになるから。

自分が与えた傷はいつか
自分に戻ってきてしまうものだから。

ある日の考え

ときどき、こんなことを考える。

もしあのとき、あの人と
あんなふうに別れなかったら
私たちは今頃
どんなふうに暮らしてたのかな？

幸せな家庭を築いて
私たちに似た子どもを授かって
元気に暮らしているのかな？

そんな想像をしながら、ふとわれに返った。

あのとき、あの人と別れたから
今の私がいるんだ。
私たちは別れるしかなかったんだよ。

過ぎ去った日々が懐かしくなることがある。
でも、たとえ時間を巻き戻せたとしても
今より幸せになれるかどうかは誰にもわからない。

未練は、もう戻ることのない時間を
無理やり今の生活に引きずってこようとする。
だから心が苦しくなってしまう。

あの頃の時間を取り戻せ、なんて
無理強いする人はいないのに。

自分から過去にしがみついて
手放せずにいるだけ。

そのせいで
今の幸せを逃すのはもったいないことだよ。

いつまでも

　彼女の恋愛はいつも3年ぐらいしか続かなかった。何が問題なんだろうと気になってきた頃、友達にこう言われた。「お互いのことがすっかりわかってきて、それなりの時期になったのに、まったく結婚する気がなさそうに見えるからじゃない？」

　思い当たるふしがないわけではなかった。そうかもしれない、と思った。いつだって相手のほうから去っていったから。でも、彼女は思った。たとえ数年後に結婚したとしても、大きな違いはあるのかな。結婚しても別れる夫婦はいるし、結婚せずに10年以上仲よく付き合っているカップルだっているのに……。結婚への確信がそこまで重要なのかな。

　結婚だけが目的だったのだとしたら、いつかは別れる運命だったのかもしれない。

　愛し合う2人に重要なのは、結婚の約束だけでなく、いつまでも一緒にいたいと思えるかどうかだと思う。

熱くなれない

私はまだ、あの人を愛しているのかな？

もしかしたら、
忘れたくないあの頃の感情を掘り起こして
自分をなぐさめているだけなのかもしれない。

深く愛し合ったあの頃の気持ちが
まだ生きていると信じたかった。
でもそれはけっして、今の気持ちではない。

誰にも熱くなれない心。
一度消えてしまった炎は
なかなか燃え上がらなかった。

その人が悪いわけじゃない

はじめは相手に何も望まなかった。
見ているだけでもドキドキして
なにげなく交わす言葉に心がときめいた。
彼の隣にいられるだけで十分に幸せだった。

今、隣にいるその人も
私と同じ気持ちだったことだろう。

思っていた人と違ったとか
理想の愛され方ではなかったとしても
その人を選んだのは自分。
相手が悪いわけじゃない。

自分と何もかもぴったり合う人なんていない。

妥協できるところは妥協して
譲れないことはきちんと伝えて話し合い、
お互いにすり合わせながら生きていくものだよ。

乗り換え駅

　そのカップルが毎朝一緒に歩いた道、同じ時間に並んで立ったプラットホームに、しばらく女は現れなかった。女は毎朝寝坊する男を電話で起こして待つのに疲れたと言い、いつからか先に出勤するようになっていた。

　どうしてそんなに急ぐのか？　何か理由でもあるのか？　釈然とせずにいた男は、ある日、女のかかとに靴ずれができているのを発見した。

「足、どうしたの？」

女はなぜそんなことを聞くのかと怒りだした。

　そこまで腹を立てるようなことだろうか。

　四季が二度めぐる以上の歳月を過ごしてきた仲なの
に……。

「キミの足にそこまで靴ずれができているのを見たこ
とがないから……。何があったのかなと思って」

　後からわかったことだが、女はある男に会うために
毎朝急いでいたのだった。女の足は、他の人へと向
かっていた。かかとの傷に耐えながら、恋人から逃げ
ていたのだ。

　男はそんなふうに突然、別れを告げられた。しばら
くつらい時間を過ごし、なんとか気持ちが落ち着いた

頃、なじみのあるうれしそうな声が聞こえた。

「久しぶり！」

　男の時間は一瞬止まった。何を言えばいいのか、ど
う反応したらいいのかわからなかった。
「……あぁ。久しぶりだね」

「うん。元気だった？」

　女の顔はとても明るかった。会いたくてたまらな
かったかのように再会を喜んだ。2人はホームに入っ
てきた地下鉄に乗り、以前と同じように座席の前に並

んで立った。そして、席が空くと男は女に座れと言った。2人の間に会話はなく、男の表情は暗かった。乗り換え駅に着くと、女は立ち上がって言った。

「行くね」
「うん」

　本当は、彼女に聞きたかった。あの男とはどうなったのか、なぜこれまで姿を見せなかったのか。気になったが、憶測するしかない。そして、いつものようにその日の仕事をこなした。その後も出勤中に女とたびたび顔を合わせた。でも、明るい挨拶も微笑も少しずつかすんでいった。

　男はもう彼女に会ってはいけないと思った。やっと

落ち着いた心に波風を立てたくなかった。

　よりを戻したとしても、彼女を信じられるだろうか？　あの男との関係を忘れられるだろうか？

　それは無理だ。悲しくて残念だけれど、ここまでにしておかないと。どのみちまた別れてしまうなら、やり直さないほうがいい。

「次は衿井、衿井駅です。お出口は左側です。１号線はお乗り換えください」

　前の人が席を立つと、男は空いた席に座った。そして、女が降りる乗り換え駅まで目を閉じた。女はそんな男の姿をぼんやり見つめていた。

「次は舎堂、舎堂駅です。お出口は左側です。２号線

はお乗り換えください」

「行くね」

　女に声をかけられたが、男は黙っていた。挨拶代わりに、軽く手をあげた。それ以来、女はホームに姿を見せなくなった。彼女にもわかったのだ。自分が座って休める場所が男の心に残っていないということが。

捨てるべきものを捨てずにいるから

人は別れを経験しながら
少しずつ成長していく。
だけど、ときにはその傷がトラウマになったり
突拍子もない決断をさせたりもする。

初めての恋はとても熱かったけれど
別れはそこまでつらくなかった。
当時はあきらめるのが相手のためだと思ったし、
その人も私にそう望んでいた。

数年後、存在そのものが
私の一日を幸せにしてくれる人に出会った。
情熱的に愛したけれど
やがて、その人とも別れを迎えた。

そのとき私は思った。
誰かと付き合って別れたら
私の努力はすべて無駄になるのね。

実際は、2人で一緒に努力しながら
同じ時間を過ごしてきたはずなのに、
私はかたくなにそう思い込んでいた。

昔の恋のネガティブな記憶を
いつまでも抱えていると、
新しい恋人がとばっちりを受けることになる。

今、隣にいるのはまったく違う人なのに、
過去の傷が邪魔をして、
この人も同じだろうという先入観で
相手を判断してしまう。
そして、また別れを迎えることになる。

捨てるべきものを捨てずにいるのは、
見えない爆弾を抱えて生きるようなもの。

海と空に囲まれた、まぼろしの島。

「島が見えるのは潮が引いたときだけです。
天候に左右されることも多いので、
いつでも来られる場所ではありません」
ガイドのそんな解説が終わると同時に、
船はイカリを下ろした。

ところが、日差しがあまりにも強くて
なかなか船から降りる気になれなかった。

それでも私は
「めったに来られない場所なんだから」と、
海に浮かぶ白い砂の上へと足を踏み出した。

空と海、そして
踏みしめているきめ細かい砂の他には
何もないところだけれど、独特な空気を感じた。
まるで海の上に一人で立っているような気分。

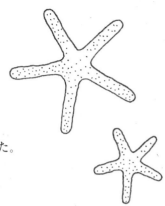

私は浜辺で
とても美しい、星形の珊瑚を見つけた。

ふと、ある人のことを思い出した。
「あの人にも見せてあげたい」

本当に喜んでもらえるかな、と少し悩んだ。
でも知りたかった。
「彼がもし私のことを好きなら、
これを大事にしてくれるんじゃないかな」

そして、心を込めて彼にプレゼントした。
彼は楽しげに、どこで買ったのかと聞いた。

「あなたのことを思い出して拾ってきたの。
喜ぶかなと思って。
強く握ると割れちゃうから、気をつけて」

その言葉もむなしく、
すぐに彼が言った。

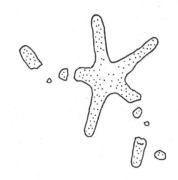

「わぁ、何だこれ。割れちゃった」

そして平然と
割れた珊瑚のカケラを払い落とした。

その瞬間、
「あ……。違ったんだな」
あっさり心が折れた。

彼の気持ちが自分とは違っていたことがわかった。
２人の関係はこの程度だったらしい。

恋の予感というのは、こんなものなのかもしれない。
好意がありそうだったりそうじゃなかったり、あいまいで
いつの間にか音もなく割れてしまい、
平然と振り払うことのできる関係。

世の中に素敵な人はたくさんいる。

だけど、それだけで恋が始まることはない。

輝いているからといって、

すべてが宝石というわけじゃない。

自分に合う人

新しい恋は
過去の恋愛を投影しながらやってくる。

でも、「何を大切にするか」という価値観が
自分と合う人に出会うことが重要だとわかると、
相手を選ぶ基準が変わってくる。

初恋の人は
とにかく容貌が美しくてカッコよかったけれど
その次に好きになった人は見た目がいいというより、
価値あるものを教えてくれる人だった。
その出会いによって少しずつ、
自分がどんな未来を夢見ているのかがわかってきた。

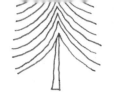

自分にとって絶対に受け入れられない部分と
何があっても大切にしたいこと以外は
お互い歩み寄っていけるものだ。

小さなことに感謝して幸せを感じる人。
家族を大切にする人。
人を好きになる基準がそんなふうに変わって、
どんどんはっきりしてきた。

まわりの人からは
好みがわからないと言われることもあるけれど
私はこうして少しずつ、
自分に合う人を見つけつつある。

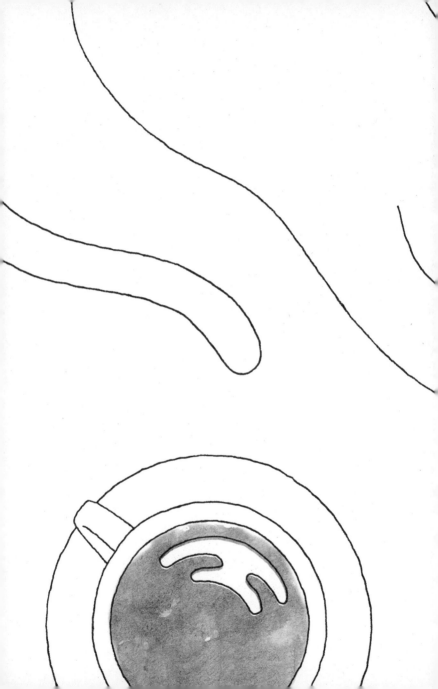

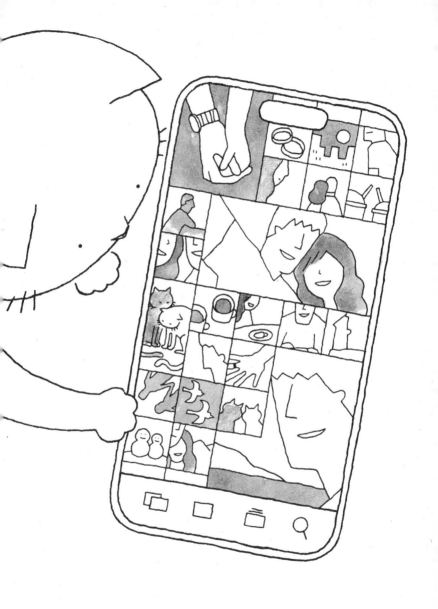

恋はいきなり、
何の準備もできていないのに
泥棒みたいに押しかけてきて
心をひっかきまわしていく。

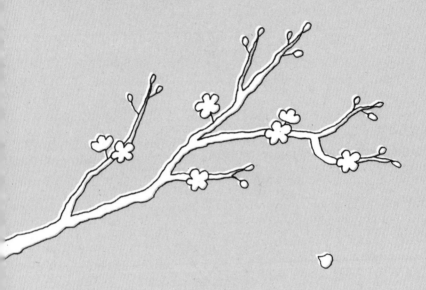

第 2 章

恋が近づいてきたとき

恋はめったに訪れない

ぐずぐずためらっていたせいで
好きな人を逃してしまった。
そのうえ、私は時間を失った。

時間を失うというのは、
単に年をとるというだけの意味じゃない。
思いきり愛を注げる時間が
減ってしまったということだ。

心の傷は癒えるにつれて硬くなるけれど、
そのぶん心はすり減りやすく、鈍感になって
人を愛することがどんどん難しくなっていく。

だから、愛する人が現れたなら
ためらわずにその手を握って。

恋は、思っているほど
頻繁には訪れない。

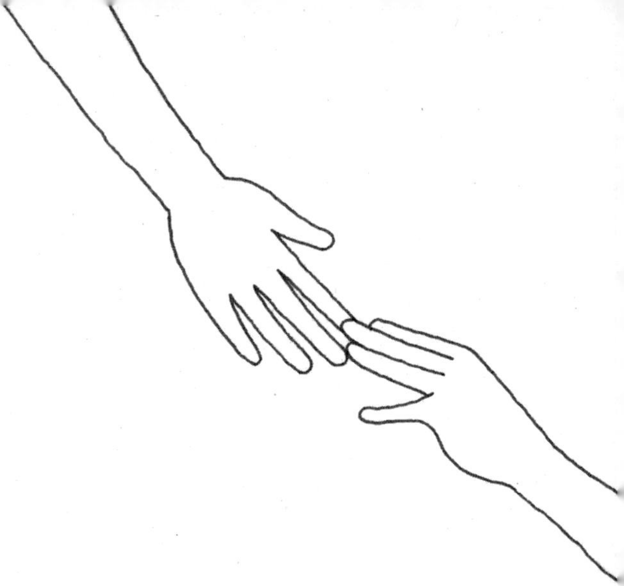

恋が始まる瞬間

春だ。
春は別れと出会いの季節。

どんな日々を過ごしてきたとしても、
長い冬に耐えた結果がどんなものだったとしても、
全身で迎えよう。

まだ早いようにも思える、この春の心躍るときめきを
避けることは誰にもできない。

誰かにとってはあたたかいけれど、
誰かにとってはまだまだ寒い季節。

恋も同じだ。

すっかり準備が整った状態で
迎えられたらいいけれど、
泥棒みたいにいきなり押しかけてきて
心をひっかきまわしていく。

春に勝てる冬がないように、
冷えた心に差し込んできたぬくもりを
振り払うことなんてできない。

だから春は
ときめきだけじゃなく、
その裏に何かが隠されているような
怖さを連れてやってくる。

恋が始まる、その瞬間みたいに。

私のルール

誰かを好きになったら、
自分自身に問いかけた。

あの人のどんなところに惹かれたの？
どうしても受け入れられない部分はない？

深く悩み、深く考えた。
その人を困らせてはいけないから。
一瞬の錯覚で、すぐに消えてしまう感情なら
先には進まないほうがいいと思った。

そんなふうに自分でチェックして
確信を得た後で
慎重に気持ちを伝えた。

一瞬の感情だけで突っ走らないようにした。
やっと人を好きになれたのだから、
終わらない恋がしたかった。

心配しすぎかもしれないけれど、
その甲斐あって失敗はしなかった。

少なくとも
私の気持ちが
先に変わることはなかった。

味見をしすぎると

だんだん味がわからなくなってくる。

恋愛も同じ。

あなたにとって大切な人

明るく輝いている人より
ちょっと陰のある冷たそうな人に
惹かれることがある。

光のあるところには人が集まるから
あえて自分がそばにいなくても大丈夫だけど、
闇は自分が明るく、あたたかく
照らしてあげたくなるからかもしれない。

輝いていた人が光を失ったとたん、
まわりにいた人たちが
あっという間に離れていくこともある。
だから重要なのは
今、みんなに人気があるかどうかじゃなくて
自分が愛したいと思える人かどうか、ということ。

みんなにとってのいい人じゃなくて
あなたにとって大切な人を見極めて。

初めての出会い

　男は、知人の紹介で会うことになった女のファッションが気に入らなかった。くるぶしまで覆うブーツに、ムートンレザージャケット。いちばん苦手なタイプだったから、「軽く食事でもして、さっさと帰ろう」と思った。

「何がお好きですか?」
「私は何でも大丈夫ですよ」
　男は悩んだ。好物を当てなきゃいけないのか?
　女が言った。

「サムギョプサルにしましょう」
「え?　初めて会ったのに、焼き肉屋でいいんですか?」
「かまいません。食べたいものを食べなきゃ。サムギョプ

サルがお好きじゃないなら、他のものでもいいですよ」
「大丈夫です。行きましょう」

　店に着くと女はコップに水を注ぎ、手ぎわよく箸とス
プーンを並べた。男は肉を焼いた。男の手つきが心もと
なく見えたのか、女はトングを受け取ってこんがり肉を焼
き、ハサミで食べやすいサイズに切った。

　雰囲気が打ち解けてきた頃、女は携帯電話に入っている
写真を男に見せた。先週末、家族でキムチを漬けたのだとい
う。仲むつまじい家族写真を見て、男は女に好感を抱いた。

　こんな人と一緒にいられたら楽しいだろうな。
　彼女のファッションは関係ない。一緒に過ごす未来が、
自分の思い描く想像に近いことが肝心だ。そう男は思った。

親密な関係

　ずっと欲しかったバッグを買った。あまりにも大切で、私は持ち主というより、まるでこのバッグに操られているような気分だった。キズをつけないように、ていねいに扱った。

　あれこれ気を遣っているうちに、バッグを持ち歩くのが面倒になってきた。必要だから買ったのに、家のどこかにしまいこんだまま使わなくなった。ときどき取り出して触れば手になじんできて、どこかにぶつけたり落としたりすれば気楽に使えるようになるのに。

　恋愛も同じだ。同じ時間を過ごしながら、傷ついたり傷つけたりすることによって打ち解けていく。傷つけるかもしれない、嫌われたらどうしようと思って言いたいことも言えず、顔色ばかりうかがっていたら親密な関係にはなれない。

　私たちが恋をする理由は、大切な人と心を通じ合わせて、愛し愛されたいからだということを忘れないで。

一人ぼっちの夜も

何も見えない真っ暗な夜はない。

空を見上げれば
無数の星が輝いていて、
フクロウはどこかで
一人じゃないよと一晩中鳴き続ける。

何もかもうまくいかなくて
一人ぼっちに思える日も
あなたのことを思ってくれる人がいて
あなたのために祈ってくれる人がいる。

ただ、あなたには見えなくて
聞こえないだけ。

私を心から愛してくれる一人の人

自分に興味を持ってくれる人が100人いたとしても、
その人たちはあなたの魅力に
一時的に惹かれているだけかもしれない。

たくさんのものを持っていたとしても、
自分を100%愛してくれる人がいなければ
寂しさを感じるのは当然だよ。

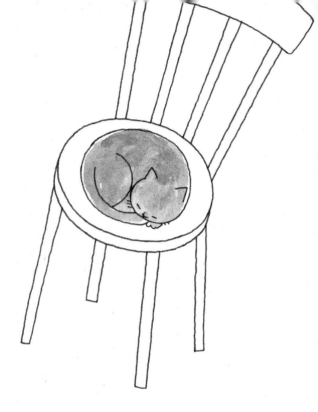

でも、たった一人、
あなたを心から愛してくれる人がいたら、
あなたがどんなふうに変わっても
その気持ちは変わらない。

たくさんのものを手に入れなくてもいい。
自分を100%愛してくれる人が一人いるだけで
どんな人生でも生きていける。

また、最初の頃みたいに

この人が私の恋人ならいいのに、と思い
この人を私の恋人にしなきゃ、と決意して
あぁ、この人は私の恋人になったのね、と安心すると
この人はもう私の恋人なんだし、
と軽く見るようになってしまう。

思いが通じたからといって
ないがしろにして、よそ見をしたら、
信頼で結ばれた仲だったとしても
"恋人"から"他人"になるのは一瞬だ。

最初の頃のような
マメさを忘れないで。

一度も手にしたことのないものを

手に入れるには

一度もしたことのないことを

しなきゃいけない。

一度もしたことのない努力を

しなきゃいけない。

自分の選択

「もういい年だし、
これから誰と付き合うかが重要なのに
本当にこの人でいいのかわからない」

友達に相談したら、こう言われた。

「年齢とか結婚に
そんなにこだわらなくてもいいんじゃない?
好きなら付き合ってみて、
それから後悔したって遅くないと思うよ」

私のささやかな悩みを否定も肯定もせず、
黙って静かに聞いてくれた。
そして、私を応援してくれた。

友達の思いやりに感謝すると同時に、
大切なことに気づかされた。

どのみち、私の選択の問題だ。

結果について責任を負うのは私。

他の誰かが2人の問題に答えを出したり、

責任を肩代わりすることはできない。

本当の思いやりとは

親身になって話を聞くこと。

そして、認めることだ。

相手の気持ちを。

悩みの真っただ中にいる人に

大丈夫だと言うのは性急すぎる。

本人が苦しんでいるのに

大丈夫だと言っても、無責任にしか聞こえない。

大変だったね、

それはつらいよね、

相手の気持ちに寄り添うこと。

それが思いやりだ。

今、誰かを愛しているなら

年齢を重ねたとしても
恋のときめきと情熱を
捨てなきゃいけないわけじゃない。

子どもじゃあるまいし何やってるんだろう、
なんて思わなくても大丈夫。
今、子どもじゃないからこそ
愛する気持ちがあるだけで幸せだったあの頃が
このうえなく大切に思えるのだ。

過ぎた日々を懐かしく感じるのと同じように、
いつかは今日を懐かしく思う日がやってくる。
今、誰かを愛しているなら、
その人に気持ちを伝えよう。

悩む時間が長引くほど勇気が減り、
ためらいが長くなればなるほど、
その人との距離は遠ざかる。

行動してこそ、
次に進むことができる。

人の心をつかむのは、想像以上に難しい。

誰かを好きになったからといって、必ずしも
相手が自分を好きになってくれるわけじゃない。
その心をつかむには
まず相手に好意をもってもらわなくてはいけない。

思いが通じることもあるけれど、
愛し合っていたはずの相手が去っていくこともある。
恋人同士になれたとしても、
永遠に結ばれるとはかぎらないから……。

世の中に変わらないものはない。
それだけが、変わらない真実だ。
時が経てば、人も、愛も変わりうる。

恋愛がいつもつらくて苦しいのは、もしかしたら
好きという気持ちさえあればうまくいく、
とても簡単なものだと
思ってしまっているからかもしれない。

外から見るだけじゃわからない

　女はその男の優しい話し方と、物静かで落ち着いた雰囲気が好きだった。ところが恋人同士になると、男はその日にあった出来事を休みなくしゃべり続けた。いじわるなちょっかいを出すのが好きで、茶目っ気たっぷりだった。女は聞いた。

「どうしてそんなに違うの？」
「何が？」

「みんなの前ではおとなしいのに、どうして私の前ではこんなにおしゃべりなの？　一貫性がないじゃない。他の人に見せてる姿と違いすぎる」

「イヤなのか？」

「イヤってわけじゃないけど、あまりにも違うから」
「世の中には僕が心を開くことのできる相手もいれ
ば、そうじゃない人もいるし、冷静に接するべき相手
もいる。それでも唯一、キミだけにはそのままの自分
を見せたいんだ。小さなことまでキミに話すのは、僕
の人生にいつもキミがいてくれるからだよ。もし、僕
がキミのうわべしか見なくなったらどうなると思う？
きっと僕らはこれ以上親しくなれないよ」

　男は目の前にあった果物を手に取って言った。
「果物も人も、外から見るだけじゃわからない。開け
てみて、味わってみないとわからないんだ」

愛するということは、

相手に好かれようとして

自分の気持ちを

一気にぶつけることじゃない。

本当の自分を見せていくことだ。

偽物ではなく、本物を選ぼう。
人も、恋愛も。

別れるために
人を愛する人なんていない。

だから、愛し合う前から
別れを怖がったりしないで。

怖さを乗り越える方法

怖さを乗り越えるには、
それに慣れるしかない。

私、本当に愛されてるのかな。
この人といつまで一緒にいられるんだろう。
またダメになるんじゃないかな。
そんなふうに思っていたら、
あっという間に心が疲れてしまう。

誰に強いられたわけでもないのに
自分で自分を苦しめないで。

まだ相手のことがよくわからないから
2人の未来が予想できないだけだ。

怖さを乗り越えるには、それに慣れるしかない。

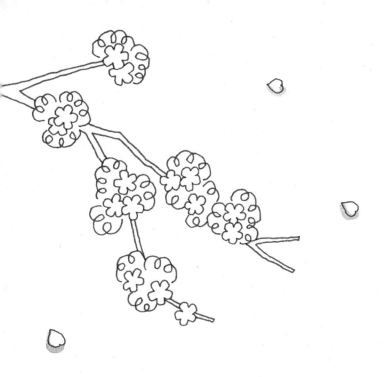

寝ぼけまなこをこすりながら
やっとのことで起きた朝。
あの人からのメッセージひとつで
たちまちうれしくなる。

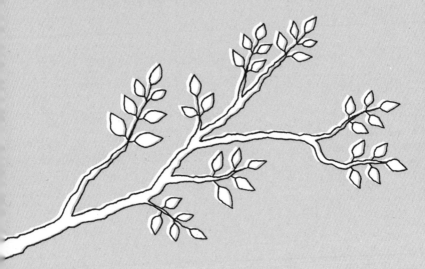

第3章

キミじゃなきゃ
ダメな気がして

「初めての恋愛じゃないのに、彼を前にしたら、
いつもぎこちなくなってしまって……」

そう私が言うと、友人が答えた。

「それが普通だよ。
あなたがその人と付き合うのは初めてなんだし、
向こうだって、あなたと付き合うのは初めてでしょ。
今まで出会った相手とは違う人なんだから
最初のうちは緊張するに決まってる。

恋愛はこうじゃなきゃいけないっていう
ルールがあるわけじゃないんだし、
今、一緒にいる相手のことを知りながら
少しずつ距離を縮めていけばいいよ。

急いだり焦ったり
しなくても大丈夫。
だって、打ち解け合うまでは
ぎこちなさを感じるものだよ」

愛する人との明日のために今日を乗り越えることと、
愛していない人と過ごす毎日に耐えるのは
まったく違うことだ。

愛していないのに、
愛そうとがんばらないで。
愛の感情は、努力して芽生えるものじゃない。

だから、心がときめいたからといって
すぐに駆け寄らないで。
ときめいてもそれが愛とはかぎらないし、
ときめくものすべてを手に入れなくてもいい。

ときめきというのは、
すぐに消えてしまう、
一瞬の浮かれ気分に過ぎないのかもしれない。

知らないことは難しい

知らないことは
どんなことだって難しく感じるもの。

恋愛の難しさは
人間関係の難しさだ。

愛がわからないのではなく、
人間がわからない。

恋愛とは、愛を知る前に
人を知っていくということ。

恋をして生きるのではなく、
人と向き合って生きていくということだ。

文字を覚える前は
知らないものは文字だけだったのに、
文字を知ると
知らないことだらけだったことに気づく。

恋愛も同じ。

名前を知る前は
ただの通りすがりの人だったのに、
その人のことを知って
大切な存在になると変わっていく。

相手について知らないことが多いという現実に気づき、
知りたいことが多くなればなるほど
どんどん難しさを感じるようになっていく。

恋は偶然に

舞い落ちてくる花びらをつかめたら
恋が訪れるという言い伝えがあるけれど……
風に舞う花びらをつかむのは
簡単なことじゃない。

つかめたとしても
まさかね、と疑って
捨ててしまうこともある。

恋の訪れを待つというのは
舞い散る花びらをつかむために
そこらじゅうを走り回ることじゃない。

なにげなく道を歩いていたら
風に運ばれてきた花びらが
そっと肩先に舞い降りるように、
恋は偶然やってくる。

愛は闘いではなく、
相手を打ち負かして得るものではない。

その人を抱きしめることができて、
相手も心を許して寄り添ってくれるとき、
初めて愛だと言うことができる。

そして、自分の許容範囲を超えてまで
愛を注ぐことはできないと知っておこう。

たいしたことじゃないのに

　ハンバーガーをほとんど食べ終えた頃、女が男に聞いた。

「アイス食べる？」
「食べたいの？」
「うん」
「なら食べようよ」
「ホントに？　ホントに食べる？」

　女は頰を赤く染めて跳び上がり、買ってくると言って楽しそうにレジへと駆けていった。そんなに喜ぶようなことなのか？　男はアイスクリームを受け取りながら聞いた。
「アイスを食べるか聞かれて食べるって言っただけなのに、そんなにうれしいの？」

女はアイスクリームをひと口食べて、笑いながら言った。

「うん。すごく幸せ」

「そんなにおいしい？」

「そうじゃなくて、私が大好きなアイスクリームをあなたと一緒に食べられるっていうことがうれしい」

「え？　たいしたことじゃないのに……」

　男は、頭をガツンと殴られたような気分だった。理由を聞いても、いまいちピンとこなくて戸惑った。こんなにささいなことでそこまで幸せになれるなんて信じられなかった。

　自分が好きなことを誰かと一緒にするということがどれだけ大きな幸せなのか、知らずに生きていた。すごい何かがあったときだけ幸せを感じられると思い込んで生きていた自分が恥ずかしかった。そして、日常のささやかなことに幸せを感じながら生きる人に出会えたことに、あらためて感謝した。

もっと深い愛とは

2人で会って手をつなぎ、映画を観て
笑って、おしゃべりして、食事をして愛情を表現する。
恋愛ってそういうものなんだと思っていた。

でも、それだけじゃないみたい。

遠く離れていても
頻繁には会えなくても
相手を恋しく思って
会いたいと願う切実な気持ち。

電話をすれば
あの人の声を聞くことができて、
あの人に会えるという期待で
毎日が喜びに埋め尽くされた、
そんな幸せを感じることこそが
深い愛だった。

寝ぼけまなこをこすりながら、

やっとのことで起きた朝、

あの人からのメッセージひとつで

たちまちうれしくなる。

幸せって、こんなささいなこと。

その人の人生に交わるということ

道ばたに座って
通り過ぎる人々を眺める。
たくさんの人生が過ぎ去っていく。

違ったカタチの人生が
それぞれの道を歩んでいる。

出会いとは、
その人の人生に自分が交わるということだ。
ほんのしばらくの間かもしれないし、
長い時間になるかもしれない。

そんなふうに交わりながら
お互いに何らかの影響を与え合う。

消えない傷を残していく人もいれば
美しい香りを残す人もいる。

そして、人は少しずつ変わっていく。

人の本性は簡単には変わらないけれど
お互いを認め、
尊重し合える関係になろうと努力しながら
私たちは変わっていくのだ。

演劇はしばらくの間だけ

素顔を見せることができて、
素顔まで愛せる人を選ぼう。

いつまでも仮面をかぶって生きることはできない。
仮面が華やかであればあるほど
期待と幻想だけが大きくなる。

濃厚な香水よりも
ほのかな石けんの香りに人は心惹かれるものだ。
誰かを本気で愛したいなら、
仮面を外したほうがいい。

勇気を出して
ありのままの姿を見せよう。
演劇はしばらくの間だけ。

舞台上の華麗な姿を見て
拍手してくれる人より
舞台裏であなたをぎゅっと抱きしめて
美しいと言ってくれる人が本物だ。

100％ありのまま

相手の好意を得るために無理をして、
本当はやりたくないことまでやるのは
悪い習慣だ。

相手はそれがいつものあなただと信じて、
ますます期待を募らせてしまうかもしれない。

本当の自分を見せたとき、
もし相手と合わないと思ったら
それを受け入れたほうがいい。

人の心をつかむために

自分を偽るのではなく、

100％ありのままの姿を見せよう。

嘘から始まった関係は長続きしない。

そればかりか、

多くのものを失うことになるかもしれない。

鳥かごの扉を開けておこう。

もし鳥が逃げたとしても、

それは仕方のないこと。

鳥かごの中が幸せだと感じている鳥は

けっして飛んでいかない。

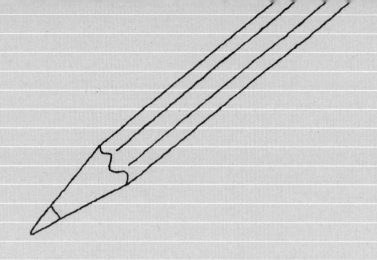

でも、閉じ込められていると

感じている鳥は扉が開けば逃げていき、

二度と戻ってこない。

いつでも出ていけるのに

あえてその場にとどまることと、

逃げる機会をうかがいながら

閉じ込められているのはまったく別のことだ。

気持ちが焦っていると

しなくてもいい失敗や

判断ミスが増えてしまう。

愛
さ
れ
て
い
る
と
感
じ
た
く
て

愛の受け止め方は
男と女で多少違っているかもしれない。
でも、人間関係において感じる
基本的な感情は誰しも同じだ。

なにげないひと言にすねてしまうこともあれば
ささいなことに思いがけず感動することもあるし
悲しい映画やドラマを観れば涙が出る。

仕事中は何だってやり遂げられそうに
ふるまっているけれど、
恋人には甘えて癒やされたいし
力をもらいたいと思っている。

男だから、女だからと
何かと区別されることが多い世の中だけど、
誰もが同じ人間だ。

私たちは
愛されていると思ったときに幸せを感じ、
もっと愛したくなる。

誰かと付き合うとき

誰かと付き合うときに
何より重要なのは、
相手の社会的地位や容姿よりも
その人の本質がどれだけ清らかで
自分とどれだけ合うのかを探ることだ。

人は、
いい人と悪い人に区分できるわけじゃない。

自分に合う人と
あまり合わない人がいるだけだ。

自分が幸せなら
その満ち足りた心を人と分かち合うことができる。
自分が幸せでなければ
心のすき間を埋めようとしてもむなしいだけだ。

与える人の顔は
いつも微笑みに満ちているけれど、
もらうばかりの人の顔は
暗く陰っている。

自分を磨いて、自分を愛せたら
心が豊かになって
それを誰かに分け与えずにはいられなくなる。
分かち合うことで、幸せはますます大きくなる。

誰かを愛したいなら
何かを分かち合いたいなら
元気な自分になれるように
まずは自分を愛して大切にしよう。

抱きしめてあげる

　友人たちから、どうしてあんな人と付き合うのと聞かれた。何が言いたいのかはわかる。でも、あの人は全身全霊で私を心配して、気遣ってくれた。助けになれなくてごめん、とつらそうにしていることもあった。本当に助けてくれるかどうかは、私にとって少しも重要ではなかった。

　誰かと一緒に生きるとき、いちばん大切なことは何だろう。心から自分を思い、愛してくれること。それさえあれば十分。共に歩んでいこうという意思より大切なものはない。

　私はこれを最後の恋にしようと思う。風のようにさまよって跡形もなく消えてしまう愛なんかにはもう振り回されない。ここで足を止めて、彼を抱きしめてあげることにした。

　あの人を守る、風よけになることにした。

彼をいちばん愛していたのは
あの頃だった気がする。
あの人が存在しているだけで
幸せだった頃。

第 4 章

もうすぐ
懐かしくなる季節

あたりまえの存在

気心が知れた仲になるというのは
その人の好きなものや嫌いなもの、
今考えていることや、これから取りそうな行動が
わかるようになることだ。

相手にどう接したらいいか
見当がつくようになってくると
不安が消えて、気持ちが楽になる。

その気楽さと親密感は
何もせずに手に入ったわけじゃない。
スーパーボールみたいに
あちこちに跳びはねる心をつかもうと
必死に努力して得たものだ。

お互いにとって、あたりまえの存在になるということ。
こんな親密さや気楽さが
どれほど大きな幸せなのかを知ること。
それが愛だ。

人生において価値あるもの

新しいものはいつも刺激的で、
心を浮き立たせる。

だから、人は多くのものを持っていても、
まだ持っていないものを欲しがってしまう。
自分が幸せであることに気づけないのは
そのせいだ。

本当に価値あるものは
時間をかけてこそ手に入れられる。
慣れ親しんだ関係、気兼ねなく話せる仲……。

新しいものに取り換えるのではなく、
努力して守っていくべきものだ。
何ものにも代えがたい、自分だけの財産だ。

新しいものは
その気になれば手に入れられるけれど、
人生において価値あるものは
いきなり生まれることはない。

そして、私たちは
価値ある関係があるからこそ生きていける。

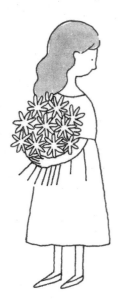

毎日大変だと愚痴をこぼしてばかりだけど、

私よりはるかに大変なのは、

そんな愚痴を聞いてくれるあなた。

いつもごめんね。ありがとう。

いてくれるだけで幸せだった

あの人が私を見つめて
名前を呼んでくれただけで
どうしようもないほど胸が高鳴った。

赤く染まっていく顔を
必死に隠そうとしていた時期があった。

私が彼をいちばん愛していたのは
あの頃だった気がする。
あの人が存在しているだけで幸せだった頃。

愛とは、何かをしてもらわなくても
その人がそばにいてくれるだけで
満たされるものだということを知った。

愛しているという言葉

「あなたはなぜ"愛してる"って言わないの？」

女が聞いた。

「わざわざ言葉にする必要があるか？　俺の気持ち、わからない？」

「そうじゃないけど……。まだ一度も"愛してる"って言ってくれたことがないでしょ」

「キミはいつもそうやって文句を言うよね。俺は、他のやつらがキミに無責任にささやいた言葉を言いたくないんだ。幸せと愛を感じさせる方法は人それぞれ違う。俺は俺なりの方法で自分の感情を伝えたい」

男は女をぎゅっと抱きしめた。そして、いたずらっぽい表情で聞いた。

「聞こえる？」

「ん？　何が？」

「心臓が言ってるだろ。キミを愛してるって」

　女は男を押し戻して笑った。それから、肩にそっと寄り添って言った。

「でもときどきは……じゃなくて、いつか一回ぐらいはあなたの声で聞いてみたいな。その、誰にも聞かせたことのない"愛してる"って言葉」

今、あなたのそばにいる人

人生の中の長い時間を
一人の人と共に過ごせるというのは
とても素敵なことだ。

季節が変わって花が咲き、
雨が降って、白い雪が降り積もり
凍った川の水があたたかな日差しの中で溶けだしても
そばにいるという事実。
それは、一緒にいようと約束したその場所に
今なお2人が立ち続けていることを
確認させてくれる。

誰にでもできることなのに、
誰にでもできることじゃない。

だから、今そばにいる人を大切にして
感謝しよう。

その人は
何もしていないように見えても、
実は懸命にあなたを守っている。

雨が降る理由

雨はしばしば涙に例えられる。
でも、雨が降るのは
元いた場所に戻ろうとしているからじゃないのかな。

そう思ったら、
雨の降る様子が
悲しそうに見えることはなくなった。

生き抜くために
姿を隠して空へと昇り
厳しい時間を乗り越えて、
再び自分の場所に戻っていく。

雨は知っている。
自分が大切な存在であることを。
だからこそ、たくましく舞い上がり、
幸せに降ってくる。

人々の目には悲しげに見えたとしても、
どこへ落ちるのかわからなくても、
雨は誰かのために情熱を注ぐ。

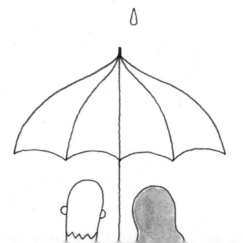

ときめきを失いたくないなら

何の接点もなくても、
言葉を交わさなくても、
同じ空間にいるだけで胸が高鳴る。

そんなときめきを
いつまでも失わないために大切なのは、
所有しようとしないこと。

美しい花は咲いている場所で
ただ眺めるだけにしておけば、
また花を咲かせる。
美しい花を摘んで
自分のものにできると考えるのは
大きな勘違いだ。

所有した瞬間、
それはもう花ではなくなる。
そのうち枯れる消耗品になってしまう。

自分をときめかせる人の居場所を
守ってあげるのも愛のひとつ。
相手に対する最低限のマナーだ。

それができれば、
その人が大切にしている美しさを
いつまでも見ることができる。

世界のすべてを
手に入れることはできない。
ときには、目に入らなかったかのように
通り過ぎたほうがいいこともある。

面倒だと思って接すれば

面倒な存在になり、

感動させたいと思えば

幸せな存在になる。

あの人にとって、私が。

会話だけでは伝えられないこと

一晩中、便せんを押さえながら
几帳面に書いた手紙は
翌朝読み返さなくてはならなかった。

深夜のテンションのせいで
感情的になりすぎていないかな、
今こんな話をしても大丈夫かな、
あの人は私の言葉を
どんなふうに受け止めるかな、と考えながら。

そうやって何度か読み返してから、
2人で会った帰り道に彼の手に握らせたり
カバンにこっそり忍ばせたりした。

ある日、彼に言われた。
どうして最近は手紙をくれないの、と……。

そのときはわからなかった。
毎日会って話してるんだから、
わざわざ手紙で伝えなくてもいいんじゃない？
そう思ったけれど、違った。

彼は手紙から、
どれだけ自分が愛されているかを
感じ取っていたのだ。

会話だけでは表現できなかったり
行動ではうまく伝えられなくても、
手紙なら伝わることがある。
私はそれを忘れかけていた。

心変わり

相手の表情、口調や行動の
一つひとつが見慣れたものになっていく。
何を考えているのか、
どんな心理状態なのかがわかってくる。

たまにその人が腹を立てたりすねたりしたときは
私もいい気はしなかったけれど、
なぜそうなるのかを理解できるようになった。

だから彼の心に
他の誰かが入ってきたとき、
どんなに気持ちを隠そうとしていても
私にはわかってしまった。

今までとは流れが変わったことを悟った。

慣れるというのは
共有している感情が多いということだ。
彼が何を考えているのか、
誰と会っているのか、
正確にはわからなくても
感じ取ることができる。

彼の口調や行動、
一つひとつが物語っている。

一時の気の迷いかもしれない。
けれど、風が吹くたびに心が揺れるなら
私たちの関係は壊れるしかない。

愛と欲望を区別して
コントロールしなければ
安定した関係は維持できない。

私たちが人を愛する理由

私たちは
働くために生きてるわけじゃない。
生きるために働いているだけだ。

でも、大切な人をもっと深く愛するために、
もっといい環境をつくるために、
仕事をがんばっているとき、
人はよりいっそうの幸せを感じることがある。

いつでも一緒にいたいと要求して
相手が何もできなくなるほど縛りつけるのは
単なる独占欲に過ぎない。
2人の未来のための道ではない。

それぞれの夢に向かって力を発揮できるように
お互い支え合って励まし合うこと。
それこそが
私たちが愛し合う理由なのかもしれない。

自分の欲を
満たしてくれる人ではなく、
自分の不足した面を
補ってくれる人を選ぼう。

人は自分と似た人に出会ったとき、
お互いを映す鏡となって
支え合うことができる。

相手のためだと思っていたのに

あの人が一緒にいたがるから、
他の用事に遅れることが増えた。

たとえば、友達との待ち合わせに遅れたり、
仕事にちょっと遅刻したり。

そんなある日、彼が言った。

「キミって、約束の時間を守らないよね。
責任感がないっていうか」

そうすることが思いやりだと勘違いしていたせいで、
私は彼にとって
だらしない人になりつつあった。

まごころは音もなく

「せっかくまごころを捧げたのに
受け取ってもらえなかった」
そんなふうに嘆かないで。

まごころというのは
受け取る相手が感じるもの。

まごころだと主張しても
相手がそう感じるかどうかはわからない。

まごころは音もなく伝わる。
自分が口を開くよりも先に、相手が気づく。

一度くらいは気にかけてほしい

寂しくて満たされなくてつらいときもあるけれど
何も言わず、表に出さないのは、
あなたに罪悪感を抱かせたくないから。
あなたを苦しめてしまうかもしれないから。

あなたに申し訳なさや寂しさ、
つらい気持ちを感じさせるくらいなら、
私が心を痛めているほうがましだから。

今日も私は一人で悩み、
平気なふりをして笑うだろう。

でも、いつまであなたを気遣って
理解してあげられるかはわからない。

忘れないで。

私の心の扉が閉じてしまうかもしれないことを。

つらさに耐え切れなくなるかもしれないことを。

一度くらいは、私のことを気にかけてほしい。

そして、私のために努力してほしい。

心の扉が完全に閉じてしまわないように。

つらかったぶんだけ笑えるように。

自分を大切にせず、相手に愛されることで
満たされようとした。だから、愛せば愛すほど
彼は私から遠ざかっていった。

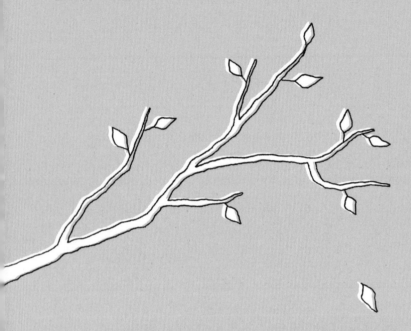

第 5 章

こらえていた
涙があふれ出した

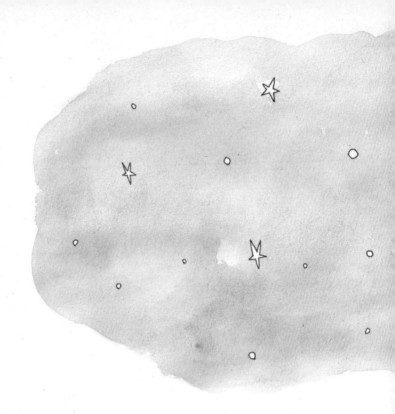

記憶のカケラ

幸せだった特別な瞬間の残像ではなく、
何でもない瞬間のささやかな記憶のカケラが
あの頃の私たちを思い出させる。

「永遠なんかない」とかたくなに信じてきたけれど、
そんな私の心のどこかに
砂つぶより小さくなった思い出が
まだ消えずに存在していることを教えてくれる。

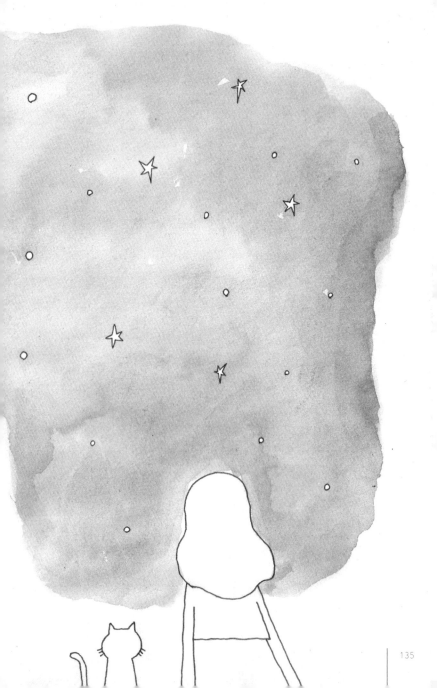

愛
す
る
ほ
ど
に
遠
ざ
か
る

愛せば愛すほど、寂しくなった。
一日中、あの人を思っている。
こんなに切実に愛しているのに、
どうして私は寂しいんだろう。

その理由は、
彼が私を愛していないからではなかった。
息つく暇もないほど相手のことばかり考えていたら
自分の心から自分が消えていたからだ。

やるべきこと、やりたいことがあっても
ひたすら彼を優先した。
生活のすべてが恋愛中心だった。
こんなにあなたを思っているんだから
同じくらい私を愛してほしいとせがんで、
彼に執着した。

自分を大切にせず、
自分のやりたいことを徹底的に無視して
彼に愛されることで満たされようとした。

そのせいで、愛せば愛すほど
彼は遠ざかっていった。

私の恋はいつも
そんなふうに終わった。

私はあなたを愛したのに
あなたは愛を返してくれなかったと相手を恨み、
ずるずると未練を引きずった。

その未練さえも
愛だと信じながら……。

めぐる季節の中で

めぐりくる季節の瞬間瞬間に、
ふと聞こえてくる歌の節々に、
あの頃のあなたと私が刻み込まれている。

こんなふうに時折
胸いっぱいに込み上げてくるぬくもりに、
感謝しながら生きている。

一緒に過ごした季節があるから。
一緒に聴いた歌があるから……。

あの頃の思い出が
あちこちにくっついて
冷えた心を癒やしてくれる。

今思えば、

美しくない日は

一日だってなかった。

今のつらい瞬間も

悲しみの涙があふれ出す瞬間も

すべて時間の中で濾過されていく。

彼は知っている

彼が街ですれ違った美人を目で追うことを
彼女は気にしていないように見えた。

どうせ通りすがりの、
記憶にも残らない人でしょ？

でも、彼は知っている。
彼女が愉快な気持ちではないことを……。

そして、申し訳なく思った。

自分勝手なこと

口数が少ないからといって
言いたいことがないわけじゃないし、
怒らないからといって
不機嫌じゃないわけでもなく、
笑っているからといって
本気で楽しんでいるとはかぎらない。

言いたいことはあるけれど、
いろんな感情が入り混じって、考えがまとまらない。

2人の関係をダメにしたくないから、
我慢してるだけ。

何も言わなかったから、
怒らなかったから、
笑っていたからわからなかったなんて
自分勝手なことは言わないで。

おけ

SNSで会話をしながら
ずいぶんそっけなくなったキミの返信を見て、
こんなことを思った。

私への気持ちもこの程度なのかな？
画面に文字を入力する
これっぽっちの時間、これっぽっちの大きさ。

「おけ」

キミは必要なときだけ愛してると言い、
義務は果たしていると思っているのだろう。

キミがそう考えている間、
私はキミの言葉遣いから、
私たちが一緒に過ごせる時間は
残り少ないのかもしれないと感じている。

キミの一日に

私を思ってくれる時間が

少しもない気がして

焦って何度も連絡した。

私はあなたのことを思っているよ、

いつでも待ってるよ、って

伝えたかったみたい。

でも、連絡すればするほど、

心は落ち着かなくなっていった。

むなしい言葉

悲しみを抱いたまま
平気なふりをして生きるのが
どれだけ胸の痛むことなのか、
経験した人にはわかる。

自分に「大丈夫だよ」と言えるのは
自分だけ。
ただし、その言葉を
自分に言えるようになるまでには時間がかかる。

誰に励まされても、なぐさめられても
大丈夫にはならない。

そんなむなしい言葉は
静まっていた心をざわつかせるだけ。

結局、孤独感だけが強まってしまう。

相対的なもの

絶対に、
と言えるものはどこにも存在しない。

人の考え方や感情は
自分が置かれた状況によって変わるものだ。

誰にとっても絶対的に悪い人や
誰にとっても絶対的にいい人はいない。

自分の立場や相手との関係によって
見える景色はそれぞれ違う。

現実の恋愛

恋愛って、
楽しいことばかりじゃないよね。

ずっと笑って幸せでいられたらいいけど、
現実の恋愛はそうじゃない。

思ってた以上につらいし、
思ってた以上に大変。

好きになればなるほど
小さなケンカが増えて
好きになればなるほど
相手を独占したくなる。

それは、嫉妬でも執着でもないよ。
愛から出てくる、あたりまえのこと。

相手と意見が合わないからといって、
間違っていると決めつけないで。
それは「間違い」ではなく、ただの「違い」だから。
間違いは「正しくない」という意味だけれど、
違いは「同じではない」という意味。

正しい、誤っている、という問題ではなく、
生きてきた道と考え方が違うだけ。

友達付き合いであれ、恋愛であれ、
人それぞれ違ったルールを持っている。

ぶつかり合い、少しずつ譲り合いながら
自分たちの違いを認めよう。
違っているという事実を受け入れられたら、
お互いにぐんと歩み寄ることができる。

生き方に正解がないように
2人の関係にも正解はない。

あの人と私の距離

人と人の間には、一定の距離が必要だ。
その空間を意識して相手を気遣えば、
安定した関係を維持することができる。

ほどよい距離で相手をより客観的に見て、
理解することができるから。

あまりにも近くにいすぎると、一部だけを見て、
それがすべてだと勘違いしてしまいがち。
思いがけない一面が見えたときに受け入れられず、
とたんに幻滅して、
背を向けてしまうことになるかもしれない。

「こうしてほしい」という
相手への期待が大きければ大きいほど、
がっかり感や裏切られた気分が強くなる。

何も望まないようにしようと決めたのは、
これ以上、痛みを感じたくないから。
自分の心を傷つけないようにするためだった。

それなのに、心を無にしてからも
幸せは感じられなかった。

傷つかなくなったと感じる一方で、
愛されたいという気持ちもかすんでいった。

人はなかなか変わらないけれど
愛はそんなふうに動いて
変わっていく。

言いたい言葉があったけれど、
心にしまっておくことにした。

キミが私を見つめてくれて
思ってくれたぶんしか
返さないことにした。

欲に目がくらむと

持っているものより
持っていないものに
惹かれることがよくある。

持っているものは
見慣れすぎていて目に入ってこないけれど、
持っていないものは新鮮で
目にとまりやすいからかもしれない。

ただし、欲望にとらわれるあまり、
持っているものをおろそかにして
感謝の気持ちを忘れると、
それを失ったことにすら気づかない。

執着すればするほど
多くを失うのが私たちの人生だ。
欲に目がくらむと、何も見えなくなってしまう。

プライドに固執するのは

傷つきやすい人間だと

自ら認めるようなもの。

よけいな意地を張ると、

大切なものを失ってしまう。

世の中に
非難されて当然の愛はない。

ただし、持たなくてもいいものを手にした瞬間、
持っていたものまで失うことになる。

それは一瞬の欲望であって、
愛とは違う。

すべての欲望が
愛になるわけじゃない。

どんなに手に入れたくても、
始めてはいけない恋もある。

愛し合う仲を
上下関係みたいに考えているなら、
今すぐ手放してあげたほうがいい。

恋愛とは、お互いに歩み寄って
ときにはケンカをしたりもしながら
２人の最大公約数を見つけていくもの。
どちらかが相手を支配して、
自分に従わせる主従関係ではないから。

「愛しているから」という理由で縛りつけても、
相手に負担を感じさせることにしかならない。

だから、束縛の先には別れが待っている。
束縛は行きすぎた独占欲や支配欲であって、
愛とは別のものだ。

あなたの気持ちが重すぎて、
あの人は手を離してしまったのかもしれない。
あなたを愛していなかったわけじゃなくて。

自分にできる範囲で

愛しているからといって、
何もかもに耐えるべきだとは思わない。

「これだけは守ってほしい」という約束を
何度言っても相手が守ってくれないとか、
これ以上やっていけそうにないと
感じているなら
そろそろ立ち止まるときかもしれない。

人はそれぞれ
自分にできる範囲で人を愛する。
その大きさが合わないなら
別々の道を歩んだほうがいい。

一緒に過ごしてきた時間がもったいないからと
惰性でずるずる続けても得るものはない。
取り戻せない過去ではなく、
これからの時間を大切にしよう。

ささいなことで不機嫌になるあの人に

ふと聞きたくなった。

私といて幸せを感じる瞬間は

まったくないのかな。

私の好きなところは

ひとつもないのかな。

あの人にとって、

私が何もない存在なのだとしたら……

ここで終わらせるべきかな、と思った。

執着心を手放す

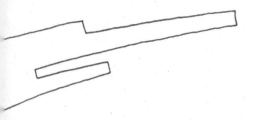

振り向いてくれない人に
いつまでも執着することほど
無意味なことはない。

どれだけしがみついても
相手の気持ちをコントロールすることはできないから。

自分を傷つけてまで深みにはまる前に
執着心を手放そう。

自分を大事にしてくれて、
愛してくれる人に出会うためには
待つことも大切だよ。

こんなはずじゃなかったのに……
自分に何度も嘘をついて、
耐えがたい思いをつのらせながら生きている。

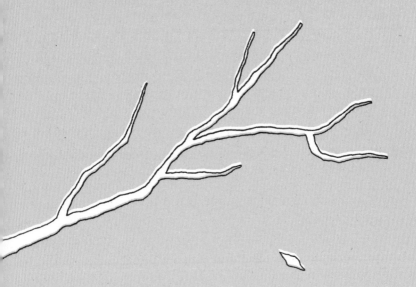

第 6 章

愛が遠ざかっていく
小さなサイン

「時間を置こう」という言葉

「時間を置こう」と言われてから、一日も経たないうちに連絡が来た。なんで連絡くれないんだよ、とすねている。それ以来、キミが時間を置きたいと言ったときは、何か不満があるんだなと考えるようになった。時間を置けば解決できることなら、一緒に乗り越えていこうと思った。

ところが今日、私は「時間を置こう」という言葉に以前とは違う意味があることに気づいた。考える時間が欲しいという意味に聞こえるけれど、すでに結論は出ているんだな、と。いつどんなふうに別れを切り出そうか、悩んでいるということだ。その時間が長くなるにつれて、私たちの距離もどんどん遠ざかっていくのがわかった。

もう、何も言わなくていいよ。キミの言いたいことは十分に伝わったから。

どちらか一方だけの努力で
恋愛を続けていると、
2人の関係は意味のないものに
なってしまう。

愛しているなら少しは
わかってほしいし、
わかってくれるなら
少しは信じてほしい。

二十八、そして三十五

　女は男と別れたかった。でも、自信がない。また新しい誰かに出会えるだろうか？　こんな私を好きになってくれる人は現れるだろうか？

　男はときどき2人の将来について話したが、女は物足りなさを感じていた。付き合い続けるのも、別れるのも微妙だ。続ける理由はないけれど、別れる勇気もない。

そんななか、女のことを好きだと言う男が現れた。新しい男は女をつかんで離そうとせず、女の決意は固まった。なるべく傷つかずに別れられるチャンスを逃すわけにはいかない。

そんなふうに2人の7年は終わった。お互い精いっぱいの努力はしてきたと思っていたし、未練は残らなかった。付き合いが長いほど別れがつらいと聞いていたのに……。私たちは別れるために十分な、ひょっとしたら十分すぎるほどの時間を一緒に耐えてきたのかもしれない。

しかし、過ぎ去った28歳から35歳までの時期は戻らない。別れをためらっている間に、お互いもっとふさわしい相手と出会う機会を逃してきたのかもしれない。

付き合い始めた頃は

いつもワクワクして毎日が輝いていた。

こんなふうに終わってしまったのは、

新しい始まりに向けて

恋愛に終止符を打つべきタイミングに、

あれこれ理由をつけて

ためらっていたせいかもしれない。

時が経てば
愛は自然に深まると思っていた。

時が経てば
心は自然に広くなると思っていた。

時が経てば
幸せは自然に大きくなると思っていた。

ところが、時が経つにつれて心は狭くなり、
焦燥の風が吹き荒れた。
風はどんどん強まって、心をひっかきまわした。

そして、心のすき間から
竜巻のようにたくさんの人が去っていった。

自分にチャンスを

なかなか別れられないのは、
これまで努力してきた日々を
捨てるのが忍びないからなのかもしれない。

相手にチャンスをあげているつもりで、
自分にチャンスをあげているのかもしれない。

別れが怖くて決断できずにいるだけで、
愛が残っているわけではないのかもしれない。

悲しみの重さ

雲がその重さに耐えきれなくなると
雨が降りだすように、
悲しみがその重さに耐えきれなくなると
涙が流れるという。

だから、涙があふれてきたら
無理にこらえようとせずに
思いきって泣いてしまったほういい。

涙のしずくは小さく見えても
そこに閉じ込められた悲しみの重さは
けっして軽くはないから。

あふれ出した悲しみを封じ込めないで。

今の気持ちは違う

もう終わった恋。

今のキミと私は、
あの頃のキミと私とは違う。

キミは、私を見て「全然変わってないね」と言い、
私も、キミのことを「全然変わってないな」と思った。

お互いを見つめる気持ちは
変わっちゃったね。

寄りかかれる人ではなく、

共に歩んでいける人を選ぼう。

遠ざかっていく途中

恋人関係に慣れて
相手の大切さを忘れたわけじゃない。
お互いの「本来の姿」が見えてきただけだ。

そうなったときに
素顔を受け入れることができなかったり、
未来に向けて一緒にがんばれなかったりすると、
相手の気持ちを一方的に疑ったり
否定したりするようになってしまう。

2人とも自分を変える気はないのに、
以前のように戻ってほしいと相手に望んでばかり。

うまくやっていきたいのに
皮肉にも、遠ざかる努力をしている。

それで十分

あなたにもわかってるはず。

過去にしがみつくのは愛じゃない。
ただの未練だよ。

あの頃の時間をときどき取り出して
微笑むことができたら、それで十分。

戻ってこない人を待つのはやめて、
ゆっくり歩きだそう。

美しい別れなんてない。

別れを決めたなら、
相手に未練が残らないように
残酷にならなければならない。

そうできる自信がないなら、
別れを切り出すのはやめたほうがいい。

別れの痛みは
愛の大きさのぶんだけ
責任と罪悪感になる。

勘違いしないで

一瞬にして背を向けたけれど、
それまでには長い時間がかかった。

あなたにとっては突然だったかもしれない。
でも、私にとっては待ちくたびれた末の決断だった。

自分が見たものが
すべてだとは思わないで。

別れは突然やってくるわけじゃない。

別れは悲しい。

でも、もっと素敵な

人生を見つけるために

必ず通らなくてはならない

道なのかもしれない。

不吉な予感

キミはいつも私の肩越しに
別のところを見ていた。

少し気にはなったけれど、私は
いつも「疲れた」と口グセのように言うキミが
のんびりくつろげるように
もっと楽に座ったら、と気遣うだけだった。

キミを気遣うことが私の習慣になっていたように、
キミの視線もクセのように
私の背後の誰かに向かっていた。

あのとき知っておくべきだった。
なぜいつもうわの空なのか、
なぜいつも遠くを眺めてばかりいるのかを、
あのとき聞いておけばよかった。

嫉妬や束縛だと思われたくなくて、
気にしていないふりをした。

よくないことはいつも、
そんなふうにサインを送ってきた。
そして、不吉な予感は的中した。

今の2人の関係は、
私が見過ごしてきた瞬間や
気づいていたのに放置したことの
積み重ねでできている。
ある意味、当然の結果なんだろう。

糸の記憶

去っていった人のことで痛みを感じるのは、
縁の糸を
まだ手放せていないせいだ。

終わった縁の糸を握りしめたまま
他の人のところへ向かおうとして、
足をひっかけて転んだ痛みなのかもしれない。

一度つながった糸の記憶を
完全に断ち切るのは難しいけれど、
そろそろ手放そう。

いつまでも足をとられていたら、
永遠に抜け出せなくなってしまう。

ホントにバカみたい

たぶん私は、
とっくに終わった物語を
必死で続けようとしているだけ。

ホントにバカみたい。
過去にしがみついて生きるなんて。

残念すぎる。
わかっていたのに、
あきらめられなかった。

そろそろ踏ん切りをつけて、
今このときに集中して生きていきたい。

幸せだった思い出は、
あの頃に置いていこう。
そうすれば、今の幸せに気づけるはずだから。

大丈夫じゃない人に
「大丈夫だよ」と言っても
なぐさめにはならない。

うまくいっていない人に
「問題ないよ」と言うことほど
危険なことはない。

我慢しながら生きたいわけではなく、
困難を乗り越えようとしているのだから。

自分の人生について
いちばんよくわかっているのは自分。
みんなそれぞれの価値観を持って、
責任を果たしながら生きている。

だから、気が抜けるような、
つまらないなぐさめにすがらないで。
自分をあわれむことなく、今を生きよう。

ただそれだけじゃない

幸せだった思い出が
悲しい懐かしさに変わることもあれば、
つらい記憶が
自分をたくましくしてくれることもある。

幸せに生きていても
ひたすら楽しいことばかりじゃないし、
つらい日々の中にも
小さな喜びや癒やしはある。

人とまったく同じ幸せというものがないように
まったく同じ苦しみもない。
別れのつらさも人それぞれだ。

でも、永遠に乗り越えられない別れはない。

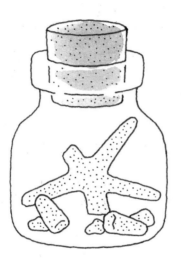

キミがどれだけ心を痛めているか、
見えていなかった。
キミが何を望んでいるのかわからなかった。
あの頃は聞こえなかったキミの声に
今さら気づいた。

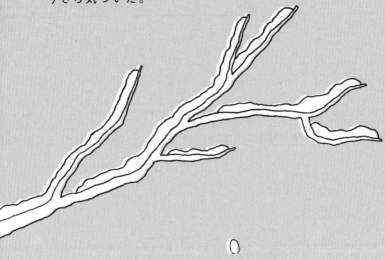

第7章

キミは沈まない月

沈まない月

日が沈んでも
キミが消えないのと同じように、
日が昇ったからといって
キミが戻ってくるわけじゃないことも知っている。

昼間も空に浮かんでいるけれど
太陽に打ち消されて見えない月のように、
キミはいつも
私の心の片隅で輝いている。

冷たく暗い夜がやってきたら顔を上げて
朝露が降りるまで
とめどなくキミを思い出し、
明るい朝日を浴びて眠りにつく。

キミは私にとって
沈まない月だ。

気づくのが遅すぎた

キミがくれた手紙を読み返しながら
あの頃の香りが残っているかもしれない、
あの頃のキミを感じられるかもしれない、と
そっと顔に当ててみた。

私を思いながら一人で書きつづった気持ちを、
キミを思いながら一人で取り出して聞いている。

当時は違う受け止め方を
したかもしれないキミの気持ちに、
今ごろ胸を打たれて泣いている。

愛してる、
まだ愛してる、
愛されたい、と
キミは私に言っている。

気づくのが遅すぎた。

聞こえなかったキミの気持ちに
気づくのが遅すぎたよ。

キミがいない

キミと笑い転げて
キミをじっと見つめて
キミにくっついてごろごろして
明け方の冷えた空気で目覚め、
突然、一人ぼっちだと気づく。

今はもう、
キミを見ただけでこれは夢なんだな、とわかる。

私たちの恋もそうだった。
永遠に続くと勘違いして
自分のことばかり考えて
目をつむっていた。

キミの心の痛みが見えず、
キミが望んでいることがわからなかった。
キミの愛が見えなかった。

今はもう、
目を開けてもキミはいない。

心に描く絵

ふと会いたくなるのは、
目には見えないその人の痕跡が
まだ心に残っているから。

消したい記憶は憎しみに変わるけれど、
心に描かれた絵は
恋しさと呼ばれる。

誰かを恋しく思えるのは、幸せなこと。

今、その人とどんな関係だとしても、
気持ちを交わした時間があったということだから。

恋しさは悲しいばかりではない。
本当に悲しいのは、
恋しく思う人がいないこと。

会いたい、いつまでも

あの頃は会いたくて「会いたい」と言った。
今は会えないから「会いたい」と言う。

一緒に過ごした場所に
目に見えない思い出が残っている。

今は一緒にいないけれど、
その場所を通り過ぎるだけで
複雑な感情が胸に押し寄せてくる。

一緒に見たあの日の景色とは違っていても、
思い出は今も変わらずそこにある。

幸せだった記憶が切なく心に響いてくる。

私はあなたに会いたい。
あの頃も、今でも、いつまでも。

空や風、太陽や月と同じように
いつもそばにあるから気づかないだけ。
その思いは、永遠のものかもしれない。

愛するだけではなく、
愛を守り抜くことこそが愛だ。

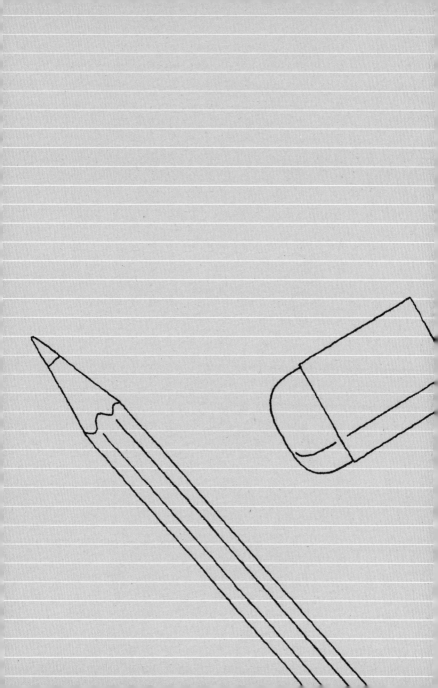

そんな人じゃない

キミと他の人を天秤にかけるなんて、
僕は最低の男だ。
悩んでいるかのように彼は言ったけれど、
天秤はすでに傾いているのだとわかった。

終わったのだということを
受け入れなくてはいけなかった。

魂が抜けたような気分で
涙に暮れていた私に、ある人が言った。

「去る人は去っていくものだよ。
今はつらくてたまらないと思うけど、
その人と結婚して
子どもを産んで暮らしているときだったら
もっと大変だったかもしれない……。

一度去った人は
いつか同じ理由で去っていくだろうから
そんなに心を痛めないで。

むしろ今でよかったのかもしれないよ」

でも、そんな言葉はなぐさめにならなかった。

別れはつらかったけれど、それでも
彼はそんな人じゃない、
そんなふうに生きる人じゃない、と信じた。

彼が誰と一緒にいるとしても、
どうかそんなことは起こりませんように。
お人好しなほどに、彼の幸せを祈った。

突然、キミと再会して

遠くから、ひと目でいいから
キミにまた会いたいと思っていた。

心に初めてキミが入ってきた日のように、
こんなふうに突然、再会するとは思わなかった。
初めて出会ったとき以上の衝撃を受けて、
何も言えず、何も考えられなくなった。

震える心を落ち着かせるのに忙しくて、
頭と体が急停止した。

聞きたいことがたくさんあったのに。
話したいこともたくさんあったのに。
ずっと一人で繰り返してきた言葉は宙に消えた。

心の準備ができていない別れを、
もう一度経験したような気分だった。
キミは明るく笑っていたけれど。

キミと別れてから数日泣き明かし、
爪を切っているときにまたキミを思い出した。
私たちの記憶もパチンと切ってしまえたら
どんなにいいだろう。

すっかり伸びた爪を見ていたら、
キミとのいろいろな思い出が浮かんできた。
切ってもまた伸びてくる爪みたいに、
キミはずっと私の頭の中にいるんだね。

だからその上に
きれいな模様を描いたよ。

そして受け入れることにしたんだ。
キミとの思い出を。

誰かと別れたときは、

忘れようと必死になるのではなく、

自分をいたわるために時間を使ってほしい。

ずっと愛することに一生懸命だった自分に

たいへんだったね、よくがんばったね、と

声をかけてあげよう。

そうすれば、新しい自分として

再出発することができる。

うすれゆく記憶を

繰り返し再生していたら

いつまでも忘れることはできない。

それは忘れるための努力とは違うものだから。

いい人だったみたい

　別れてからしばらくは、相手のことを悪く言っていた。そのほうが、心が軽くなりそうだったから。もう少し時間が経つと、相手によくしてもらったことばかり思い出すようになった。今思えば、あまりいい人じゃなかったのは私のほうだったような気がする。

　別れた相手に対する感情が時間と共に変わっていくのが不思議だったけれど、あの人はやっぱりいい人だったみたい。少なくとも、私に一生忘れられないような傷は残さなかったから。

　こんな私をずっと見守ってくれていた友達が言った。

「やっと傷が癒えたんだね。別れたばかりのときはぼんやりしてたし、ずっと忘れられずにいたでしょ。でもよかった。つらかったと思うけど、いい思い出に変わって。あの人のこと、ほんとに好きだったんだね。いい思い出ばかりが残ったんだから。幸せなことだと思うよ。あの人にとっても、あなたにとっても」

なんとなく思い出す人

愛する人が去っていったとき、
相手に後悔してほしい、
自分よりつらい思いをしてほしいと願う人もいる。
けれど、私はそんなふうには考えなかった。

あの人と別れた後、あまりにもつらくて
息もできないくらい胸が痛んだけれど、
ときどき私を思い出してくれたらいいなと思った。

とびきり素敵な日のことじゃなくていいから
ふと私のことを思い出してほしい、と。
どんな姿でもかまわないから。

どうせ私には知りようがないけれど、
あの人にとって
なんとなく思い出す人になれたらうれしい。
それだけでいい。

共に過ごし、愛し合った時間のどこかに
私たちがまだ残っているってことだから。

私を思い出してくれる人がいないと思うと、

すごく寂しい気分になる。

もう一度、あの頃の僕らに戻れるなら……。

そんなに心を痛めないで

別れを告げられた人だけが
つらくてひたすら苦しんで、
別れを告げた人は
平然と暮らしているのだろうか。

相手に傷を与えて去っていく人もいれば、
傷ついて去っていく人もいる。

初めて別れを告げたときにわかった。
別れを切り出した側も
耐えがたいほどつらいのだと。

別れはお互いに痛みを残す。
愛し合っていたのだから
2人ともつらい。

どんなふうに乗り越えていくかは、
それぞれが向き合うべき試練だ。

だから
そんなに心苦しく思わないで。
そんなに心を痛めないで。

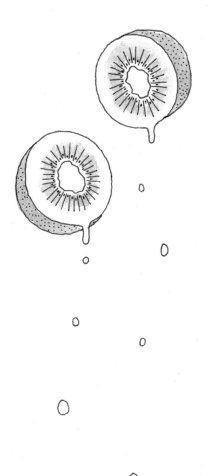

私の心に残った時間

愛が過ぎ去った後、私の心に残ったものは、
燃えるように熱い瞬間ではなく
あたたかな時間だった。

あの人とおしゃれをして出かけた街より
手をつないで歩いた小道が、

あの人と記念日に食べた豪華な料理より
ちょっとしたおやつが、

あの人と見た入手困難な公演より
並んで座って通り過ぎる人を眺めたベンチが、

熱いキスよりもあたたかな抱擁が、
私があの人と一緒にいたことを思い出させる。

忘れたい出来事ほど長く記憶に残るのは、

打ち消そうとして何度も

そのことを思い浮かべてしまうせい。

しっかり生きて

現実がつらすぎて
思わず笑ってしまうときもあれば
幸せすぎて
涙が出る日もある。

ときには笑って、
ときには涙であたたかく心を濡らして
それぞれの場所で
自分の人生を生き抜いていけますように。

楽しい毎日ばかりじゃないけれど、
悲しい毎日ばかりが続くわけじゃないから。

どちらの日々も精いっぱい
生きられますように。

しっかり……生きられますように。

おまじないはいらない

幸せになれますように……
幸せになれますように……

じっと座ったまま
おまじないを唱えていても、
幸せにはなれない。

どこかに向かい、誰かに会って
やりたいこと、楽しいことを探していけば
幸せを呼ぶおまじないなんて
唱えなくたって大丈夫。

別れの理由より大切なこと

どんな別れにも理由がある。

すぐには納得できなかったとしても、
時が経てば理解できるようになったり、
とらえ方が変わったりすることもある。

後になってから振り返ると、
なぜ別れてしまったのかということよりも
どんな人としてお互いの記憶に残るかのほうが
はるかに大切だと思うようになった。

でも、別れを通して
どんな問題があったかを振り返るのは
これからの自分のために大切なことだ。

相手と自分のどちらが悪かったのか、という
単純な問題ではない。
自分から好きになった人でも、
相手に告白されて始まった恋でも、
その人を選んだのは自分。
どの瞬間も選択の連続で、
その積み重ねによって人生はつくられる。

別れの原因にこだわるのではなく、
当時の自分を見つめ直してみよう。

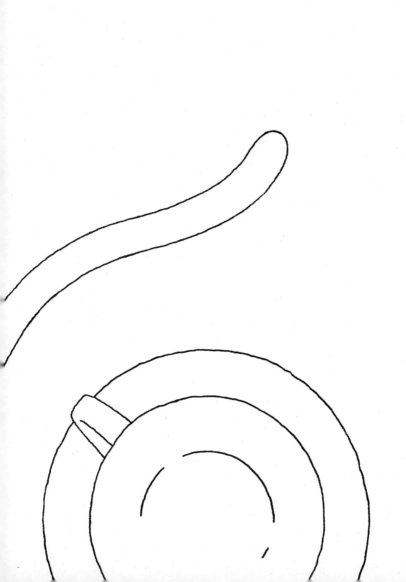

私たちは別れを通して
これまで知らなかった自分に気づき、
誰かを愛する方法を
少しずつ学んでいく。

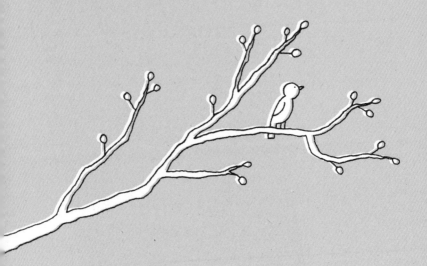

第 **8** 章

生きるために
知っておきたいこと

手放す練習

別れはなぜこんなに難しいのだろう。

いつかこの世を去るとき、
すべてに別れを告げられるように
たくさんの練習を繰り返しているのかもしれない。

すっかり手放せるように、
私たちは別れる練習をしながら
生きているのかもしれない。

それぞれの方法

キミは私を大切にしてくれた。
私たちはお互いを心から愛した。
それぞれの方法で。

それなのに一緒に歩めなくなったのは
運命の相手じゃなかったとか、
相性が悪かったからじゃない。

ひょっとしたら
お互いを認められなかったせいかもしれない。

いいところも悪いところも知っていて
わかり合えていると思っていたけれど、
そんなキミを、そんな私を受け入れて、
ずっと一緒に歩んでいく人だと認めるには
幼すぎたのかもしれない。

一緒に過ごしてきた日々よりも長い日々を
この先ずっと過ごしていくのは
難しいと思ったのかもしれない。

でも、ずいぶん時間が経った今になって思うと、
愛なんて思い込みだった。

あの頃はどうしてあんなにつらかったんだろう。

自分ではベストだと思っていても

相手がそう感じなかったなら、

それは独りよがりな判断に過ぎない。

相手にとってのベストではない。

難しいけど、そういうものなんだ。

当然の結果

人を愛するというのは
ひとつのために多くをあきらめるということ。

ときとして、
そのひとつがすべてになってしまう。

愛する人と過ごし、
一緒に食べた料理をSNSにアップして
2人だけの世界を築きながら
まわりのみんなに反感を抱かせた。

また一人になった今、
まわりに誰もいなくなってしまったのは
友達付き合いをおろそかにした私が招いた
当然の結果なのかもしれない。

愛さなかった罪

キミをいちばん愛したのはおそらく、
初めて会ったときと
別れてから。

一緒にいた頃は大切さに気づかず、
キミが遠い存在になってから愛するようになった。

欲だったのかもしれない。
「愛してる」と数え切れないほど言ったけれど、
愛ではなく、欲だったんじゃないかな。
キミを自分のものにしたいという欲。

今さら未練を感じている私は、おそらく
愛していたんじゃなくて、
欲を叶えようとしていたんだと思う。

今こんなふうに心が痛むのは
その代償を払っているということなんだろう。

愛さなかった罪。
欲張って、キミを傷つけた罪。

みんなそんなふうに生きていく

会う人は減っていき、
懐かしい人が増えていく。

誰もがそんなふうに生きていく。

今、一緒に過ごしている人々との時間も
心のどこかに描かれていく。

その絵を取り出して
思い出を振り返るのは幸せなことだ。

生きるというのはそんなふうに
心に絵を描いていくことなのかもしれない。

別れは終わりではなく、始まり。
これまでの自分を振り返る時間と
新しいチャンスをくれるから。

もっと正確に言えば、
自分という人間のピースを集めて
見つめ直すチャンスだ。

同じところでつまずかないように、
たっぷり時間をかけて自分を点検しよう。

付き合ってきたことに後悔はない。
ただ、その過程で成長できなかった自分が
残念なだけ。

自分を育てる時間

「今回は違うはず」
「今度こそうまくやろう」

よくよく考えて、慎重に始めた交際だった。
あんなに熟考したのに……。
結局、私たちの関係は終わりを迎え、
私の心は宇宙のチリみたいにこなごなになった。

傷つくことがあっても、何とか耐えようとがんばった。
愛を守ろうとすればするほど、心は渇いていった。
耐え抜く力はもう残っていなかった。
心はあっさり砕け散って、風に吹き飛ばされた。

自分にかまってあげられなかったせいだ。
植物だって、花を咲かせて実をつけるには、
水をあげて日に当ててやらないといけないのに。

苦しんでいる自分を抱きしめてあげられなかった。
いちばん大切なものをほったらかしにして、
私はキミばかり見つめていた。

でも、恨んだり後悔したりはしない。
花も咲かせずに枯れてしまうよりはよかった。

情熱的に燃え尽きて灰になった私は、
自分のカケラを集めることにした。
それを肥やしにして、新しい芽を出せばいい。
そんなふうに成長した私の根っこは、
きっと丈夫になるはず。
すくすく育つように、あたたかく抱きしめてあげたい。

愛が終わった後にすべきなのは、

憎しみや悲しみに浸ることじゃない。

過ぎ去った時間をそっと見送って

自分がどんな人間なのかを

振り返ること。

その中で、ぐんと成長した自分に出会える。

一
人
で
立
つ
た
め
に

答えは、自分の中にある。

他人の心の傷をわかったつもりになったり、

自分の心の傷を察してもらおうとしたりしないで。

傷つかずに生きる人はいない。

誰かを愛して傷つきながら、

何を捨てるべきかを知っていくのが人生だ。

ずっと何かに頼り続けていたら、

見た目は大人になっても、中身は子どものまま。

自分の力で困難を乗り越えた経験が一度もなければ、

どうすればいいのか、方法がわからないから。

頼ってばかりいると、

生きるのがつまらなくなっていく。

私たちが一人で立つための

トレーニングをすべき理由だ。

別れが教えてくれた愛し方

よくよく考えてみたら、
何もかも私の選択だった。

愛は強いられて芽生える感情じゃない。

いい思い出にしろ、悪い思い出にしろ、
別れの原因が何だったにせよ、
それらは自分が生み出した結果。
誰のせいでもない。

相手を恨んだり、自分を責めたりしても
何の解決にもならない。

私たちは別れを通して、
これまで知らなかった自分に気づき、
人を愛する方法を
少しずつ学んでいく。

それでいい

季節ごとにさまざまな花が音もなく咲き、
人知れず散っていく。

花が咲くと、
人々は笑顔を浮かべて
その姿を写真に収めていく。

枯れたからといって悲しまなくても大丈夫。
誰かの人生を彩ったのだから。

私たちもそんな花のように、
つらい忍耐の時間を乗り越えて
晴れやかに咲いて散る。

ほんの少しでも誰かを
楽しい気分にしてあげられたのならそれでいい。
「本当にきれいな花だったな……」と
思い出してくれる人がいるのなら、
それは素敵な日々だった。

しばらくとどまっている間、
少しでも笑顔になれたなら、
誰かの記憶に残っても残らなくても
それは幸せな時間だった。

別れる運命

　男のフェイスブックに友達申請の通知が届いた。またスパムかな、と思いつつ確認して、目を疑った。どこでどうしているのかずっと気になっていた、初めての恋人からだった。承認しようかしまいか迷った。

　今頃なぜ？　どうして僕に連絡してきたんだろう？
　突然の連絡をうれしく思う反面、怖くもあった。数日悩んでから、おそるおそる承認ボタンをクリックした。

2人はたちまち昔に戻った。男は別れの理由をずっと誤解していた。彼女はあのとき、男の気持ちがすっかり冷めたような気がして、他に好きな人ができたと嘘をついて去ったのだという。彼女はそれからしばらく誰も好きになれなかった。そんななか、ようやく好きな人ができ、その人と付き合って別れた後に、今の夫と出会って結婚した。

　男も別れてからしばらく彼女を忘れられなかった。それでも当時は、もっといい人に出会えるように見送るのが彼女のためだと思った。

　2人は、ずいぶん時間は経ったけれど誤解が解けてよかったと明るくメッセージを送り合った。
　彼女は名門大学出身の夫と高級マンションで幸せに暮らしているという。そっか、よかった。夢が叶ったんだね。男はふと、自分を少しみすぼらしく感じた。

あの頃とたいして変わらない人生。懸命に生きてきたものの、思いどおりにはならなかった。でも、自分は幸せだと思った。誰もがうらやむような安定した暮らしではないけれど、そんな自分をいつも応援して気遣ってくれる人がそばにいるから。

　男は理由が何であれ、自分たちは別れる運命だったのだと考えた。彼女と付き合い続けていたとしても、今頃2人はつらい時間を過ごして、結局別れることになっていただろう。

　別れる人とは別れることになっている。今は別々の人生を歩んでいるけれど、これで正解だったのだと自分をなぐさめた。彼女が家庭を守らなければならないように、男も隣にいる人を守ろうと思った。それがあの頃の決心とお互いの幸せを守る道なのだと。その後もときどき彼女からメッセージが届いたが、もう返信

はしなかった。

　少し時間が経ってから、彼女からこんなメッセージが届いた。

会わなくても、連絡を取り合わなくても大丈夫。
誤解が解けて、ちょっと心が軽くなったよ。

あなたが幸せに暮らしてることがわかってよかった。

あの日々が私たちを守ってくれる

心の底から愛した人を
いつまでも忘れられないのは、
一緒に過ごす風景までを愛していたから。

手をつないで歩いたあちこちの場所に
あの日の笑顔や悲しみ、
たくさんの感情が宿っていて
忘れそうになった頃に当時を思い出させる。

でも、それだけじゃない。
お互いの努力とまごころが
あの頃の私たちを守ってくれたように、
今の私たちをまだ
守ってくれているのかもしれない。

あなたを愛してくれる人はきっとまた現れる。
だから、そんなに心を痛めないで。

あの人は、自分の片割れを見つける途中で
出会うべき人の一人だっただけ。

最後まであなたのそばにいる人、
その人こそが本当の片割れなんだよ。

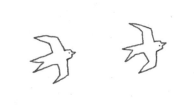
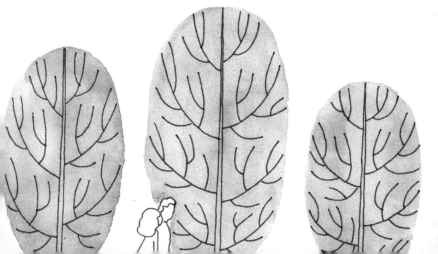

いい人として記憶されるより、

ふと思い浮かぶ人になりたい。

記憶される人よりも、

不意に思い出す、そんな人に。

音楽を聴くというのは、その上から
時間を記録していくということだ。

それぞれの曲は
いつも自分だけに聴こえる言語で
保存されていく。

青い海を思い出したり、
一緒に歩いた道が思い浮かんだり。
幸せだった日や悲しかった日の記憶も。

歌詞とメロディは誰が聴いても同じだけれど、
そこにはいくつもの思い出が溶け込んでいて
聴く人それぞれの心にしまわれていた
記憶を呼び覚ます。

10年も昔の話

　別れてから10年が過ぎた。いいかげん忘れてもいい
頃なのに、いまだに忘れられずにいる。愛は愛によっ
て癒やされるというけれど、新しい恋愛を始めてから
も昔の恋人への強い未練が男の心を満たしている。

　男は付き合っている女に電話をかけて、別れを告げ
た。彼女が自分をどれだけ愛しているのか、よくわ
かっていた。それでも、男は消せない過去に縛られて
いた。

「本当にもうダメなの？　考え直せない？」

「うん……ごめん。これ以上遅くなる前に、キミを本当に愛してくれる人を見つけて。キミは優しくていい人だから、ちゃんと幸せになってほしいんだ」

　女は号泣した。これからどうやって生きていけばいいの、と世界が崩れ去ったかのように泣き続けた。

「やめてくれ」

　男は女を責めた。1時間ほど経っただろうか。男は電話越しに伝わってくるむせび泣きを聞きながら、ふと10年前を思い出した。かつて自分が流した涙と、すべてが崩れ去ったかのような悲しみがよみがえる。男はその人をあまりにも愛していたから、別れを告げら

れたときはひどく悲しかった。その悲しみがどんなものかを知っているだけに、罪悪感で胸が張り裂けそうになった。

女の泣き声がピークに達した瞬間、いきなり電話が切れた。男は思った。つらいけれど終わらせるべき関係は終わらせよう、と。かつてあれだけ泣いた男の気持ちは今も続いているけれど……。愛していたから、想いを断ち切ることができなかった。

そのとき男は、自分が今別れを告げた彼女もつらさを引きずることになるのかもしれないと思った。女を愛していないわけではなかった。ただ、気持ちの整理がついていないのに、彼女と付き合うべきではないと考えたのだ。

もし彼女が思いつめて、間違った選択をしてしまったら？

　急に怖くなって、携帯電話の通話ボタンを押した。

「もしもし」

　女は何事もなかったように電話に出た。

「泣きやんだか？」
「何のこと？」
「いきなり電話が切れたから……」
「あなたが切ったんじゃなかったの？」

「……」

　女は男に心配をかけないように、わざと気丈に振る舞った。男は女の深い思いやりに気づき、あらためて彼女と話をした。電話をかけ直さなかったとしたら、男は女の苦しみを知ることはなかっただろう。そして、つらかったと話す女の気持ちもわからなかったはずだ。みんなそうだよ、誰だって別れは悲しいものさ——。そんなふうにやり過ごしてしまったかもしれない。

　男はこれほど自分を愛してくれる人はもう現れないだろうと思った。そして、今そばにいる彼女を手放すのではなく、昔の思い出を捨てるべきだと考えた。

　かぎりなく申し訳ない気持ちと感謝を感じ、彼女をもっと愛したいと思った。そんな彼女が今、そばにいる。

男は彼女ともう一度、愛を始めることにした。

別れが怖くて、
恋愛を始めることすらできないときがある。
この人が最後の恋人になりますように、という
切なる願いがまた無駄になってしまいそうで。

愛に満ちた甘い時間より、
悲しみで胸が張り裂けそうな時間のほうが長かった。
幸せな恋愛の時間より、
去っていった相手との思い出を
恋しく思う時間のほうが長かった。

だから恋愛に臆病になって、
いつも痛みを感じてしまう。

一緒に過ごした時間だけが愛ではないことを
今は知っている。
でも、いつまでも過去にしがみついたままでは
この人だ、という人を逃してしまう。

つかんでいるものを手放して初めて、
新しいものをつかむことができる。

私を泣かせたのは愛だけど、
笑顔にしてくれたのも愛だから。
私たちはまた、愛を始めなくちゃいけない。

キム・ジェシク

著 **キム・ジェシク**

韓国最大級の恋愛コミュニティ「愛するときに知っておくべきこと」の運営者。フェイスブック、カカオストーリー、インスタグラムなどを通じて、200万のフォロワーから支持されている。著書に『愛するときに知っておくべきこと』『三行のラブレター』『愛させてくれてありがとう』『いい人にだけいい人でいればいい』『私のままで十分にいい人』などがある。本書『たった1日もキミを愛さなかった日はない』は、有名アーティスト、芸能人の間で話題に。韓国で10万部を超すベストセラーとなる。

訳 **藤田麗子**

フリーライター&翻訳家。福岡県福岡市生まれ。中央大学文学部社会学科卒業。訳書に、キム・ジェシク著『いい人にだけいい人でいればいい』(扶桑社)、クルベウ著『大丈夫じゃないのに大丈夫なふりをした』(ダイヤモンド社)など、キム・ウンジュ著『悩みの多い30歳へ。世界最高の人材たちと働きながら学んだ自分らしく成功する思考法』(CCCメディアハウス)、クォン・ナミ著『翻訳に生きて死んで 日本文学翻訳家の波乱万丈ライフ』(平凡社)などがある。

- デザイン　鳴田小夜子(KOGUMA OFFICE)
- イラスト　高田真弓
- 校正・校閲　小出美由規

たった1日もキミを愛さなかった日はない

発行日	2024年3月3日　初版第1刷発行

著者	キム・ジェシク
訳者	藤田麗子

発行者	小池英彦
発行所	株式会社扶桑社
	〒105-8070　東京都港区芝浦1-1-1 浜松町ビルディング
	03-6368-8870(編集)　03-6368-8891(郵便室)
	www.fusosha.co.jp
印刷・製本	サンケイ総合印刷株式会社

Japanese edition © Reiko Fujita. FUSOSHA Publishing Inc.2024
Printed in Japan　ISBN 978-4-594-09652-6